DIE STRASSE AUS MONDLICHT

DIE STRASSE AUS MONDLICHT

Erzählt von Uwe Zedler
Mit Illustrationen von Sonja Stein-Schomburg

XENOS

ISBN 3-8212-1339-6

Am Hehsel 40, 22339 Hamburg
Text: Uwe Zedler, Hamburg
Illustrationen: Sonja Stein-Schomburg, Hamburg
Satz: Olaf Hille Verlag GmbH, Hamburg
Printed in Hungary

Inhalt

Die Straße aus Mondlicht

Der kleine Jan lebte mit seinen Eltern in der Nähe des großen Meeres. Jeden Tag spielte er am Strand, sammelte Muscheln oder tobte im Wasser und tauchte und schwamm so schnell wie ein Fisch. Nachts, wenn er im Bett lag, wiegte ihn das leise Rauschen der Wellen sanft in den Schlaf, und morgens, wenn er das Fenster aufmachte, atmete er tief die frische Brise ein, die von der See herüberwehte, und lauschte auf die wilden Schreie der Möwen. Ach, wie gerne wäre er einmal mit ihnen über das weite Meer geflogen, einfach weg, ganz weit weg... denn Jan war nicht glücklich. Er liebte das Meer und den Strand, aber er hatte niemanden, dem er seine Muschelsammlung zeigen, niemanden, mit dem er im Wasser toben konnte – er hatte keinen Freund, und er fühlte sich oft allein und einsam.

Eines Abends war Jan ganz besonders traurig. Den ganzen Tag über hatte er Kinder beobachtet, die am Strand Ball spielten, im Wasser planschten und vergnügt waren.

Nun war die Sonne untergegangen, und Jan war ganz allein am Strand. Langsam wurde es dunkel. Jan saß auf einer Sanddüne und schaute über das Meer. Gerade ging am Horizont der Mond auf und warf seine silbernen Strahlen über das Wasser. Wie eine glitzernde Straße spiegelte sich das Mondlicht auf der See – eine Straße, die sich vom Horizont bis zum Ufer zu Jans Füßen erstreckte, wo sie in der sanften Brandung in tausend funkelnde Sterne zerbarst. Sehnsüchtig blickte Jan hinüber zum Mond, der groß und bleich am Himmel stand. Es war ihm, als erklänge eine leise Musik vom Mond herüber, eine Musik, die ihn zu locken und zu rufen schien. Jan stand auf und ging hinunter ans Ufer, wo die kleinen Abendwellen seine bloßen Füße umspülten. „Komm", sang der Mond, „komm zu mir!"

Jan glaubte, daß er träume. Er machte einen Schritt und noch einen Schritt hinaus auf die glitzernde Straße vor ihm, und er versank nicht, denn das Meer trug ihn, und seine Fußsohlen wurden noch nicht einmal naß! Jan hielt seinen Blick fest auf den Mond gerichtet, und in seinen Ohren klang der lockende Ruf: „Komm!" Jan merkte kaum, wie er auf dem Wasser voranschritt: Ihm war, als schwebe er über das Meer auf den Mond zu, wie eine Wolke im Wind.

Nun war Jan am Horizont angelangt, am Ende der Welt, und er erwachte wie aus einem tiefen Traum. Er sah Wasser unter seinen Füßen, Wasser überall um ihn herum – wie war er hierhergekommen? Er schrie um Hilfe, und er sah sich schon bis auf den tiefsten Grund des Meeres herabsinken, wo Spukfische und Seeungeheuer hausen. Doch sein Schrei trug Jan über den Rand der Welt hinaus, und er fiel und fiel immer tiefer und sauste durch den Weltraum wie eine verirrte Sternschnuppe. Dann verlor er die Besinnung.

Wie lange er geschlafen hatte, wußte er nicht. Eine sanfte Stimme weckte ihn:

„Jan, wach auf!“

Er glaubte wieder die lockende Musik zu hören, aber diesmal ganz nah an seinem Ohr, und die Stimme kannte seinen Namen, und sie sang:

„Jan, mach die Augen auf!“

Jan öffnete die Augen und sah eine wunderschöne Frau, die sich über ihn beugte und ihn freundlich anlächelte.

„Wo bin ich?“ fragte Jan.

„Du bist auf dem Mond!“ antwortete die Frau.

„Und wer bist du?“ wollte Jan wissen.

„Ich bin die Mondfee!“ sagte sie, und ihre Sternenaugen blitzten, als sie Jan zuzwinkerte.

„Wie bin ich hergekommen?“ fragte Jan.

„Du bist einfach gekommen“, antwortete die Mondfee. „Nur ganz, ganz traurige Menschen können meinen Gesang hören, und nur ganz wenige finden den Weg zu mir. Was macht dich so traurig, kleiner Jan, daß du nicht mehr auf der Erde sein magst? Schau doch, wie schön sie ist!“

Sie hob den Arm und zeigte in das All, und ihr Gewand, das aus silbernen Mondstrahlen gewebt war, umwehte sie wie tanzende Nebel im Sternenlicht. Nie zuvor hatte Jan etwas Schöneres gesehen. Doch dann folgte er der Hand der Mondfee und hielt den Atem an vor Staunen: Da war sie, die Erde, und sie leuchtete durch den Weltraum wie ein riesiger blauweißer Lampion, der am Nachthimmel aufgehängt war und ihn mit seinem Licht und seiner Schönheit blendete. Ja, die Erde war wunderschön, und doch wurde Jan wieder traurig, denn er sah sich einsam und allein am Strand sitzen.

„Einsam bist du also“, sagte die Fee und strich Jan mitfühlend durch das Haar. „Dann ist es wohl an der Zeit, daß ich dich ein bißchen aufmuntere!“

Sie griff nach Jans Hand und rief:

„Komm, steh auf!“

Jan stand auf, ein bißchen wackelig noch in den Knien, und dann rannten sie los, Hand in Hand, und Jan dachte: „Gleich stolpern wir“, so schnell rannten sie. Aber in diesem Moment spürte er, daß er gar keinen Boden mehr unter den Füßen hatte, und verblüfft schaute er unter sich: sie flogen! Die Berge und Krater des Mondes rasten unter ihnen weg, so schnell, daß Jan sie kaum erkennen konnte, und dann ging es immer schneller und immer höher hinauf, bis der Mond nur noch eine kleine, mattglänzende Perle tief unter ihnen war.

„Wohin soll es gehen?“ rief die Fee.

„Einfach weiter! Und noch schneller!“ schrie Jan begeistert.

„Also los!“ rief die Fee. „Aber halt dich gut fest!“

Und dann flitzten sie zwischen den Planeten hindurch, kreisten dreimal um die Sonne und tauchten zu guter Letzt durch die Milchstraße hindurch. Millionen von Sternen blitzten, glitzerten und flimmerten um Jan herum, bis ihm schwindelig wurde und er lachend und prustend rief:

„Halt, ich kann nicht mehr!“

Das war wie Achterbahn und Geisterbahn gleichzeitig, ach was, das war überhaupt das Tollste, was er jemals erlebt hatte!

„Hier, ich schenke dir etwas, damit du mich nicht vergißt!“ rief die Fee, nachdem sie Jan wohlbehalten wieder auf der Sanddüne am Rande des großen Meeres abgesetzt hatte. Sie drückte ihm etwas kleines, Rundes in die Hand, und hui! war sie auch schon verschwunden.

Jan saß da und starrte noch ganz benommen über das Wasser zum Mond hinauf. Hatte er das alles wirklich erlebt? Das konnte doch wohl nur in seiner Phantasie passiert sein! Aber dann spürte er etwas Kleines, Rundes, das sich in seiner fest zusammengepreßten Hand verbarg. Vorsichtig öffnete er die Finger, und da lag das Geschenk der Mondfee auf seiner Handfläche: eine kleine, mattglänzende Mondperle! Wunderbar glatt und geschmeidig fühlte sie sich an, und ein sanftes und beruhigendes Licht schimmerte in ihr – ganz wie die Augen der Mondfee...

Von nun an saß Jan immer öfter abends auf der Düne und wartete darauf, daß der Mond aufging, damit er die Mondfee besuchen konnte. Die nahm ihn dann bei der Hand und reiste mit ihm durch das ganze Weltall bis zu den entferntesten Sternen, und Jan staunte über all die Wunder, die er zu sehen bekam. Sobald er aber zurück auf der Erde war, wurde er nur immer noch trauriger. In der Schule versuchte er einmal, den anderen Kindern von seinen Reisen zu den Sternen zu erzählen, doch sie lachten ihn nur aus und schimpften ihn einen Lügner. Und als er ihnen zum Beweis seine Mondperle zeigte, da rief ein Junge: „Ha, die ist doch bloß aus Plastik, damit kannst du uns nicht reinlegen!"

Seitdem wurde Jan immer schweigsamer. Gelangweilt saß er seine Stunden in der Schule ab und träumte von der Mondfee. Wenn der Lehrer ihn etwas fragte, dann wußte er oft keine Antwort, und die anderen Kinder kicherten hinter seinem Rücken und machten sich über ihn lustig. Nur bei der Mondfee fühlte Jan sich wirklich lebendig; und wenn einmal Neumond war oder der Mond sich hinter einer Wolke versteckte, dann war Jan ganz verzweifelt, weil er die Fee nicht besuchen konnte. Hätte er nicht seine Perle gehabt, die er anschauen konnte, dann hätte er es wohl nicht ausgehalten.

Die Mondfee aber machte sich inzwischen große Sorgen um Jan. Sie hatte ihn doch nur aufmuntern und mit neuer Kraft und Lebenslust zur Erde zurückschicken wollen – aber nun kam er immer wieder zu ihr und würde wohl am liebsten nie mehr zur Erde zurückkehren... Da mußte sie sich wohl etwas ganz Besonderes einfallen lassen!

Die Zeit verging. Ein neues Mädchen kam in Jans Klasse. Moni hieß sie, und sie war ganz anders als die anderen Kinder. Jan hatte gleich ein ganz vertrautes Gefühl zu ihr, so als ob er sie schon ewig lange kannte; und wenn er ihr von seinen Sternenabenteuern

erzählte, dann lachte sie nicht, sondern sagte: „Wie toll du erzählen kannst, Jan!“

Eines Abends faßte Jan sich ein Herz und lud Moni ein, mit ihm ans Meer zu gehen.

„Ich will dir etwas zeigen“, sagte er geheimnisvoll.

Und als sie am Strand ankamen, ging gerade am Horizont der Mond auf und warf seine silbernen Strahlen über das Wasser.

„Siehst du sie“, flüsterte Jan, „die Straße aus Mondlicht...? Und jetzt paß auf!“

Er ging hinunter ans Ufer, wo die kleinen Abendwellen seine bloßen Füße umspülten, und dann machte er einen Schritt und noch einen Schritt... und platsch! – da lag er der Länge nach im Wasser, pudelnaß von oben bis unten. Prustend und nach Luft schnappend kam er wieder hoch. Moni stand am Strand und konnte sich kaum halten vor Lachen.

„Du wolltest mir doch wohl nicht etwa weismachen, daß du über das Wasser gehen kannst?“ kicherte sie.

Jan fühlte Wut in sich emporsteigen und wollte gerade etwas ganz Böses zu Moni sagen – aber dann sah er, wie ihre Sternenaugen blitzten, als sie ihm zuzwinkerte, und plötzlich kam sie ihm noch viel vertrauter vor, als vorher. Da hatte er gar keine Sehnsucht mehr nach der Mondfee. Er stieg aus dem Wasser und kramte etwas aus seiner Hosentasche hervor.

„Hier, ich schenk' dir was“, murmelte er schüchtern und drückte Moni die Mondperle in die Hand.

Moni lächelte und schaute Jan an, und in ihren Augen spiegelte sich das Mondlicht.

Wie der Schneemann zu seiner Frau kam

Schon den ganzen langen Winter über stand der Schneemann auf der Wiese neben dem Haus. Es war derselbe Schneemann wie im vorigen Winter und wie in vielen Wintern davor. Im Frühling schmolz der Schneemann, und niemand wußte, wohin er dann ging – doch wenn der Winter kam, dann bauten die Kinder ihn immer wieder auf. Neue Kinder kamen im Laufe der Jahre. Sie kamen und gingen und wurden groß, und andere Kinder traten an ihre Stelle.

Nur der Schneemann blieb immer derselbe.

Auch in diesem Jahr spielten die Kinder wieder jeden Tag im Schnee. Sie warfen mit Schneebällen, zogen sich gegenseitig auf ihren Schlitten oder bauten sich Schneehöhlen wie die Eskimos. Viele tolle Spielideen hatten die Kinder.

Doch wo kamen all die Ideen eigentlich her? Die kleine Meike hätte es den anderen sagen können: Wenn sie nachmittags aus dem Haus kam und die anderen Kinder noch nicht da waren, dann lief Meike gleich zum Schneemann hin und redete mit ihm, als ob er ein lebendiger Mensch wäre.

„Mir ist langweilig“, sagte sie. „Ich weiß nicht, was ich spielen soll!“

Dann stand sie meistens eine Weile verträumt im Schnee herum, steckte vielleicht auch einmal den Daumen in den Mund (sie war wirklich noch sehr klein), bis ihr plötzlich etwas einfiel.

„Oh!“ sagte sie und: „Dankeschön, Schneemann!“

Wenn dann die anderen Kinder kamen, dann flüsterte Meike ihrem großen Bruder Max zu: „Du, laß uns doch heute mal spielen, daß wir Eisbären sind!“ oder „Laß uns doch eine Ritterburg aus Schnee bauen!“

Und wenn Max den anderen Kindern davon erzählte, dann waren alle immer ganz begeistert, und es wurde ein tolles Spiel. Die Nachmittage gingen vorbei wie im Flug. Nie aber hätte Max den Kindern verraten, daß es eigentlich Meike war, die die tollen Ideen hatte: Sie war ja nur ein kleines Mädchen... Und nie hätte Meike ihrem Bruder verraten, daß es der Schneemann war, der ihr die Spielideen zuflüsterte, denn Max und die anderen Kinder hätten das bestimmt nicht geglaubt.

Aber es stimmte: Der Schneemann sprach tatsächlich zu Meike. Aber nicht so, wie ein Mensch spricht. Er stand einfach da und dachte seine langsamen, gefrorenen Gedanken – und immer wieder fand sich ein Kind, das geduldig genug war, auf diese Gedanken zu lauschen, die durch die eiskalte Winterluft schwebten, leiser als ein Windhauch. In diesem Jahr war es Meike, die die Gedanken des Schneemanns hören konnte, und der Schneemann freute sich, daß er sie gefunden hatte. Denn dafür war er ja da: um den Kinder tolle Spiele zu zeigen und sie zu lehren, daß man auch im kalten Winter Spaß haben kann.

Eines Nachts wachte der Schneemann plötzlich auf. Er spürte ein ungewohntes Sehnen in seiner Brust. So heiß wurde ihm tief drinnen, daß er fast geschmolzen wäre.

„Was ist denn nur los mit mir?" fragte er sich. „Ich habe doch alles, was ich brauche – den kalten Winter, den Schnee, die Kinder... Warum bin ich plötzlich so traurig?"

Er schaute zum Haus hinüber, wo die Kinder friedlich in ihren Betten schlummerten und von den Abenteuern des Tages träumten. Der Schneemann aber träumte nicht, er war wach, so wach wie nie zuvor vor lauter Sehnsucht.

„Ich muß unbedingt wissen, was auf der anderen Seite des Hauses ist!" dachte der Schneemann plötzlich. „Den ganzen Winter stehe ich nun schon hier auf demselben Fleck und weiß nicht, wie es hinter dem Haus aussieht!"

Was er da hinter dem Haus eigentlich zu finden hoffte, das wußte er nicht – er wußte nur, daß er an gar nichts anderes mehr denken konnte: Er mußte unbedingt um die Hausecke schauen! Und so machte er sich auf den Weg.

Ein Schneemann hat keine flinken Beine wie wir Menschen und ist nicht dafür gemacht, sich zu bewegen. Langsam nur kam er voran. Stückchen für Stückchen mußte er seinen Körper über die Wiese vorwärtsschieben; er ächzte und

schnaufte und zog eine tiefe Spur in den Schnee hinter sich.

Nur der Mond am schwarzen Winterhimmel schaute ihm zu und schmunzelte insgeheim über den schwitzenden Schneemann.

Ja, der Schneemann schwitzte tatsächlich vor lauter Anstrengung, und nun mußte er wirklich aufpassen, daß er nicht schmolz, bevor er überhaupt die Hälfte des Weges zurückgelegt hatte. Als er schließlich doch das Haus erreicht hatte, war er ganz erschöpft. Am Himmel verblaßten schon die Sterne, und am Horizont wurde es hell. Noch ein kleines Stückchen... so... und nun konnte der Schneemann endlich um die Hausecke schauen. Und da stand sie: glitzernd und strahlend und blendend weiß im Licht der aufgehenden Sonne, schöner als irgend etwas, das der Schneemann jemals zuvor gesehen hatte: die Schneefrau! Sie war es, nach der er sich gesehnt hatte! Jetzt wußte der Schneemann Bescheid, und er fragte sich, wie er jemals ohne sie hatte leben können. Er wollte nichts als bei ihr sein. Er vergaß all seine Erschöpfung; er spürte neue Kräfte in sich wachsen und machte sich auf den Weg zu ihr.

Die Schneefrau hatten die Kinder tags zuvor gebaut. Wieder war es Meikes Idee gewesen.

„Warum bauen wir immer nur einen Schneemann? Warum nicht auch einmal eine Schneefrau?“ hatte sie ihren Bruder Max gefragt.

Der fand die Idee toll, und die anderen Kinder auch, und Meike hatte gar nicht weiter darüber nachgedacht, daß ihr diese Idee selber eingefallen war und diesmal nicht vom Schneemann kam.

Nachts aber hatte sie einen merkwürdigen Traum: Der Schneemann stand nicht mehr festgefroren auf der Wiese, sondern bewegte sich und rutschte langsam durch den Schnee!

Und als Meike am nächsten Morgen hinauslief, da wußte sie gleich, daß etwas nicht stimmte: sie konnte die Gedanken des Schneemanns nicht hören. Und dann sah sie es: Der Schneemann stand nicht mehr an seinem Platz! Da wußte Meike, was geschehen war. Sie wußte es einfach, noch bevor sie es sah. Schnell lief sie zur anderen Seite des Hauses.

Da lagen sie, Schneemann und Schneefrau, umgefallen und in unförmige Schneehaufen und Eisklumpen zerbrochen. Sie waren ge-

meinsam den Erdhügel hinabgekollert, auf dem die Schneefrau gestanden hatte, als der Schneemann zu ihr hinaufgeklettert war und sie berührte – da hatten sie beide das Gleichgewicht verloren und waren umgestürzt.

Meike stiegen die Tränen in die Augen. Doch als die anderen Kinder kamen, riß sie sich zusammen und fing sofort damit an, ihnen Anweisungen zu geben:

„Los, wir müssen zusammensammeln, was von Schneemann und Schneefrau noch übrig ist, und sie neu aufbauen!"

Und während die Kinder Meike halfen, erklärte sie ihnen, was geschehen war. Was für eine tolle Geschichte! Die Kinder staunten nicht schlecht und bewunderten Meike, weil sie so toll erzählen konnte. Und auch Max dachte:

„Wie die auf einmal redet! Die ist ja plötzlich gar nicht mehr so klein und schüchtern; und wie die anderen auf sie hören!“

Ob er aber die Geschichte vom Schneemann glauben sollte, der nachts um die Hausecken schlich, das wußte er nicht so recht... Aber wie war der Schneemann sonst hierhergekommen?

Eifrig waren die Kinder bei der Sache und setzten Schneeklumpen auf Schneeklumpen. Aber dann fragte ein kleiner Junge:

„Meike, was gehört jetzt eigentlich zum Schneemann und was zur Schneefrau? Die Schneeklumpen sehen doch alle gleich aus!“

Nun, Meike wußte es auch nicht. Für einen Augenblick schien sie ratlos. Still schaute sie über die Wiese und lauschte, als würde der Schneemann wieder zu ihr sprechen – und plötzlich wußte sie, was zu tun war:

„Wir setzen die Klumpen einfach so zusammen, wie es gerade kommt, und machen eine große Schneefigur daraus!" rief sie. „Dann vermischen sich Schneemann und Schneefrau und sind endlich zusammen!"

Gesagt, getan. Es entstand ein riesiger neuer Schneemann unter den Händen der Kinder – oder war es eine Schneefrau? Oder ein bißchen von beidem? Das konnten die Kinder gar nicht mehr so genau sagen, als sie fertig waren. Stolz betrachteten sie ihr Werk, und irgendwie sah dieser neue Schneemensch wirklich fast lebendig aus.

Am nächsten Tag kam ein warmer Wind von den Bergen herunter. Der Frühling blähte die Bakken, und der Schneemann und die Schneefrau schmolzen einfach weg.

Als die Kinder an diesem Tag nach draußen kamen, da waren sie alle traurig – nur Meike nicht. Sie hatte nachts im Traum ein weites, schneebedecktes Land gesehen – da würden Schneemann und Schneefrau hingehen, jetzt, wo sie endlich vereint waren. Und sie würden nicht wiederkommen, das wußte Meike. Im nächsten Jahr würde vielleicht ein anderer Schneemann kommen, aber das war Meike egal. Sie brauchte keinen Schneemann mehr, der ihr Spielideen zuflüsterte. Sie konnte sich selbst Spiele ausdenken. Jetzt konnte der Frühling kommen!

Die alte Eiche

Nein!“ schrie Nicki auf. War das wirklich wahr, was er da eben gehört hatte?

„Doch“, sagte Nickis Vater beim Frühstück, „der Baum muß weg. Ich habe schon dem Gärtner Bescheid gesagt – morgen kommt er, und dann wird der Baum gefällt, basta.“

Damit wandte er sich wieder seiner Zeitung zu und war nicht mehr ansprechbar. Das kannte Nicki schon.

Der Vater biß genüßlich in sein

Wurstbrot, doch Nicki war der Appetit vergangen.

„Nun iß doch endlich, du hast ja noch nicht einmal angefangen!“ sagte Nickis Mutter.

Nicki antwortete nicht. Wortlos stand er auf und lief hinaus in den Garten. Tränen stiegen ihm in die Augen, und wütend trat er gegen sein Fahrrad, das scheppernd zu Boden stürzte. Nicki konnte es noch immer kaum glauben: Seine geliebte Eiche sollte gefällt werden! Und warum? Nur weil sein Vater in ihrem Schatten fror, wenn er auf der Terrasse saß! Aber wann tat er das schon? Er war ja kaum zu Hause! Immer war er nur im Büro und arbeitete. Kaum einmal hatte er Zeit für seine Familie. Sein Freund Timmi hatte Nicki erzählt, daß sein Vater mit ihm Radtouren unternahm und zum Schwimmen an den See fuhr – so etwas hätte sich Nicki auch einmal gewünscht... Aber sein Vater hatte ihm zwar das Fahrrad geschenkt, doch eine Radtour hatte er noch nie mit ihm gemacht.

Traurig ging Nicki über die Wiese auf die Eiche zu, die ihre Äste zu ihm ausstreckte, als wenn sie sagen wollte: „Komm her!“

Und Nicki ging hinüber und umarmte den großen Baum, wie er es schon oft getan hatte. Gleich ging es ihm ein bißchen besser. Nicki reichte mit seinen Armen kaum um den kräftigen Stamm herum. Unter der Rinde konnte er ein sanftes Zittern spüren, das ihn fast ein wenig in den Fingerspitzen kitzelte. Für Nicki gab es keinen Zweifel: Die Eiche war lebendig, und wenn sie auch nicht mit Worten zu Nicki sprach, so fühlte er doch ganz genau, daß die Eiche ihn tröstete und ihm den Schutz ihrer heilenden Kräfte schenkte, die tief in ihrem Stamm wohnten. Nicki seufzte und ging langsam zurück ins Haus.

Abends, als Nicki im Bett lag, konnte er lange nicht einschlafen. Er dachte daran, wie oft er schon unter der Eiche gesessen hatte, den Rücken an ihren runzligen Stamm gelehnt, und mit seinen Gedanken und Gefühlen zu ihr gesprochen hatte. All seine geheimen Träume, Wünsche und Sorgen hatte er ihr anvertraut, und immer hatte der Baum ihm geantwortet und ihm neuen Mut gegeben. Frische Kraft floß in Nicki hinein, und wenn er die Eiche zum Abschied umarmte, dann war es, als ob eine leise, tiefe und warme Stimme in seinen Ohren klang und seinen Namen sagte, und oben im grünen Zwielicht des Blätterdaches rauschte und wisperte es geheimnisvoll. Noch den ganzen Tag lang fühlte Nicki sich dann stark wie ein Baum, standhaft und verwurzelt in der Erde, und nichts und niemand konnte ihm etwas anhaben. Selbst der große Frank, der ihn sonst so oft ägerte, schaute ihm nur kurz in die Augen und ließ ihn dann lieber in Ruhe. Und all das sollte nun für immer vorbei sein? Die Eiche, sein bester Freund, sollte gefällt werden und sterben? Doch was sollte er nur tun? Unruhig wälzte er sich im Bett hin und her und suchte nach dem rettenden Einfall. Aber es war hoffnungslos, und schließlich übermannte Nicki doch die Müdigkeit. Er fiel in einen unruhigen Schlaf, und im Traum sah er die Eiche schon gefällt und zersägt am Boden liegen. Doch im Traum kam ihm eine Idee.

Am nächsten Morgen kam der Gärtner mit der Motorsäge. Er war noch müde, und so wäre er fast über die lange Leiter gestolpert, die quer über der Wiese lag.

„Mistding!“ fluchte er leise vor sich hin und rieb sich den schmerzenden Knöchel.

Dann stieg er über die Leiter hinweg und ging auf die Eiche zu. Als er nun aber die Säge ansetzen wollte, da schrie eine helle Stimme: „Halt!“

Verdutzt schaute der Gärtner nach oben, von wo die Stimme gekommen war – und da saß Nicki auf einem hohen Ast und schaute grimmig auf den Gärtner hinunter.

„So lange ich hier oben sitze, kannst du den Baum nicht fällen!" rief Nicki. „Und wenn es sein muß, dann komm' ich überhaupt nicht mehr runter!"

„Du Lausebengel!" rief der Gärtner, aber Nicki lachte nur, so daß dem Gärtner nichts anderes übrigblieb, als ins Haus zu gehen, um Nickis Mutter zu holen.

„Komm sofort da runter!“ rief die Mutter.

Nicki aber schrie: „Wo ist Papa? Ich will sofort mit Papa sprechen!“

„Papa ist nicht da, er mußte heute schon ganz früh zur Arbeit“, antwortete die Mutter. „Also los jetzt, komm runter!“

„Wie denn?“ rief Nicki. „Soll ich etwa springen?“

„Nein, genauso, wie du raufgekommen bist, du Frechdachs!“ rief der Gärtner.

Er versuchte nun, die Leiter an die Eiche zu lehnen, um Nicki zum Herabklettern zu bewegen.

Aber da war nichts zu machen, denn Nicki gab der Leiter einen Tritt, so daß sie für einen Augenblick schwankend auf einem Bein stand und dann polternd zurück auf die Wiese fiel.

„Um Himmels Willen, Vorsicht!“ rief Nickis Mutter. „Paß bloß auf, daß du da nicht runterfällst!“

Gemeinsam mit dem Gärtner begann sie nun, beschwörend auf Nicki einzureden. Sie schimpften und baten, sie drohten und lockten, aber Nicki ließ sich nicht erweichen und schaute nur stumm auf die beiden herab, die da unten herumtanzten wie zwei aufgeregte Zwerge. Schließlich gab die Mutter auf und rief den Vater im Büro an.

Mit energischen Schritten stapfte Nickis Vater in den Garten. Er war ziemlich wütend.

„Nicki!“ rief er mit strenger Stimme.

Keine Antwort. Noch einmal: „Nicki!!“

Aber Nicki blieb stumm. Der Vater trat ganz nah an die Eiche heran und schaute nach oben. Er sah ein dichtes Gewirr von Ästen und Zweigen, das sich nach oben hin im grünen Halbdunkel des Blätterdachs verlor. Aber von Nicki keine Spur. Jetzt machte sich der Vater langsam Sorgen. Er holte die Leiter, lehnte sie an den Baum und begann hinaufzusteigen.

„Sei bloß vorsichtig", ermahnte ihn die Mutter, „damit keinem von euch was passiert!"

„Ja, ja, schon gut", brummte der Vater und kletterte weiter. Wie lange schon hatte er keinen Baum mehr bestiegen! Als er noch ein Junge gewesen war, hatte er seinem Großvater oft bei der Apfelernte geholfen... Ein Lächeln huschte über sein Gesicht, als er sich daran erinnerte. Doch dann gab er sich einen Ruck und kletterte hinauf bis zum Ende der Leiter und bis zu seinem Sohn.

Nicki war eingeschlafen! Er hielt den Stamm des Baumes fest umschlungen, und sein Gesicht mit den geschlossenen Augen lehnte an der rauhen Rinde, so daß es aussah, als ob er lauschte. Still betrachtete der Vater seinen Sohn. Wie lange schon hatte er ihn nicht mehr so schlafend gesehen? Früher hatte er Nicki noch manchmal eine Gute-Nacht-Geschichte vorgelesen, aber jetzt nahm er sich gar keine Zeit mehr dafür. Wehmütig wurde ihm ums Herz, als er daran dachte, wie wenig er mit Nicki gemeinsam erlebte.

Er geriet ins Träumen. Hier oben auf dem Baum fühlte er sich auf einmal so ganz weit weg von seiner täglichen Arbeit im Büro. Die war überhaupt nicht mehr so wichtig wie sonst... Langsam krabbelte ein Käfer über den Stamm und verschwand unter der Rinde. Auf dem Ast gegenüber saß eine Amsel und beobachtete Nickis Vater mit ihren schwarzen Knopfaugen. Ganz ruhig war es, und er fühlte sich so wohl wie schon lange nicht mehr.

Plötzlich erhob sich ein geheimnisvolles Wispern und Rauschen in den Blättern um ihn herum, und ein sanftes Zittern ließ den ganzen Baum erbeben. Der Vater erschrak, denn er spürte, daß da ein großes, mächtiges lebendiges Wesen war, und dieses Wesen schien ohne Worte mit ihm zu sprechen. Es war der Baum! Kräftig und volltönend klang die Stimme der Eiche in ihm auf, und er verstand.

In diesem Augenblick wachte Nicki auf. Als er seinen Vater da auf einmal so nah vor sich erblickte. bekam er einen gewaltigen Schreck.

„Papa!“ sagte er, und dann verlor er das Gleichgewicht und rutschte ganz langsam von dem Ast herab, auf dem er saß.

„Nein!“ schrie der Vater.

Im letzten Moment, bevor er endgültig abstürzte, bekam der Vater Nicki am Kragen zu fassen und zog ihn zu sich hinüber auf die Leiter. Das war knapp! Fest drückte er Nicki an sich und stammelte:

„Die Eiche wird nicht gefällt, ich versprech's dir!“

Da ging ein Leuchten über Nickis Gesicht. Er umarmte seinen Vater, und es war genauso schön, als wenn er die Eiche umarmte.

„Papa?“

„Ja, Nicki?“

„Machen wir am Sonntag eine Radtour?“

Das Mädchen vom Waldrand

In einem kleinen Haus am Rande des Waldes lebte einmal ein junges Mädchen. Seine Eltern waren schon lange tot, und es war ganz allein. Aber das machte ihm nichts aus. Wenn es sich einmal einsam fühlte, machte es einfach einen Spaziergang in den Wald. Dann kamen die Vögel herbeigeflogen, setzten sich auf seine Schulter und zwitscherten ihm etwas ins Ohr, die Hasen und Rehe ließen sich von ihm streicheln, und selbst der scheue Fuchs kam aus dem Unterholz geschlichen und strich ihm sanft um die Beine.

Das Mädchen lebte von dem, was im Wald wuchs. Beeren, Pilze und Nüsse waren seine Nahrung, und es trank das klare Wasser aus dem Bach. Was es sonst noch brauchte, das brachten ihm die Leute aus dem nahegelegenen Dorf vorbei: Mal einen Krug Milch, mal einen Laib Brot, und im Winter auch schon mal eine warme Strickjacke. Aber nicht nur deswegen kamen die Leute zu dem Mädchen – sie fühlten sich einfach wohl bei ihm, weil es so ruhig und freundlich zu jedermann war. Dabei sagte es gar nicht viel, aber es konnte gut zuhören, und so erzählten die Menschen ihm von ihren Sorgen und Nöten,

von ihren Träumen und Hoffnungen, und das Mädchen hatte immer Zeit für sie.

Abends, wenn es wieder allein war, dachte das Mädchen manchmal an seine Eltern. Wenn es dann ein bißchen traurig wurde, holte es seine Flöte hervor. Die hatte der Vater ihm geschnitzt, als es noch ganz klein war. Es setzte sich auf eine Bank vor dem Haus und spielte ein fröhliches Lied, das seine Mutter immer gesungen hatte, und dann war es fast so, als ob seine Eltern noch bei ihm wären. Die Traurigkeit flog mit den verklingenden Tönen davon; zufrieden

blinzelte das Mädchen in die untergehende Sonne und sagte zu sich selbst:

„Was bin ich doch für ein Glückskind!“

Eines Tages berief der Dorfälteste eine Versammlung ein.

„So kann es nicht weitergehen!“ sagte er zu den Dorfbewohnern. „Irgend jemand muß das Mädchen vom Wald zu sich ins Haus nehmen. Es kann doch nicht ewig allein in seiner kleinen Hütte wohnen! Jemand muß sich um das Mädchen kümmern, und es muß zur Schule gehen und etwas lernen.“

Die Dorfbewohner hielten Rat und einigten sich schließlich darauf, daß der reichste Mann des Dorfes das Mädchen zu sich nehmen sollte. In seinem Haus war am meisten Platz, und weil er so reich war, würde das Mädchen niemals Not leiden müssen.

Am nächsten Tag schon machte sich der reiche Mann auf den Weg zu dem kleinen Haus am Waldrand. Das Mädchen saß gerade auf der Bank vor dem Haus und aß einen Apfel.

„Guten Tag!“ sagte der reiche Mann.

„Guten Tag!“ antwortete das Mädchen und lächelte freundlich. Dann biß es wieder in den Apfel, daß es nur so krachte.

„Tja, ich weiß nicht so recht, wie ich anfangen soll“, sagte der reiche Mann.

Das Mädchen sagte nichts und lächelte ihm nur weiter freundlich zu. Der reiche Mann seufzte und setzte sich neben das Mädchen auf die Bank. Bald wurde es ihm ganz ruhig ums Herz. Die Sonne schien, die Vögel sangen – und fast hätte er vergessen, weswegen er eigentlich gekommen war, so gemütlich war es, einfach nur hier auf der Bank zu sitzen, mit diesem merkwürdigen stillen Mädchen neben sich, und den Wolken am Himmel nachzuschauen. Den ganzen Tag lang hätte er so sitzen können... Aber dann gab er sich einen Ruck und sagte:

„Weißt du, die Dorfgemeinschaft hat beschlossen, daß du zu mir ins Haus ziehen sollst. Ich bin ein reicher Mann, und du wirst es gut bei mir haben.“

„Reich?“ fragte das Mädchen. „Was bedeutet das?“

„Nun“, sagt er, „das bedeutet, daß du dir alles kaufen kannst, was du willst.“

„Was denn zum Beispiel?“ fragte das Mädchen.

„Oh – alles eben!“ sagte der reiche Mann. „Schöne Kleider, Schmuck – was du willst!“

„Brauch ich nicht“, sagte das Mädchen, „ich hab’, was ich brauche, und ich brauche nur, was ich hab’!“ Und es biß wieder in seinen Apfel, daß es nur so krachte.

Da hatte der reiche Mann einen Einfall:

„Schau – dieser leckere Apfel, den du da ißt“, sagte er. “Wenn du mit mir kommst, dann kannst du

jeden Tag zehn Äpfel haben!"

Das Mädchen lachte.

„Wozu brauche ich zehn Äpfel jeden Tag?" rief es. „Ich hab' diesen einen hier – jetzt. Das reicht mir. Und wenn ich morgen wieder einen haben will, dann geh' ich zum Apfelbaum und pflück mir einen."

„Aber ich bin reich, und du bist arm!" rief der reiche Mann. „Komm mit mir, dann wirst du auch reich sein!"

„Ich bin nicht arm", sagte das Mädchen leise. „Ich bin genauso reich wie du. Aber das, was ich hab', kann man nicht kaufen."

Dann sagte das Mädchen nichts mehr, und rundherum wurde es wieder ganz still. Nur der Gesang der Vögel war zu hören, und am Himmel zogen die Wolken vorbei. Das Mädchen lächelte dem reichen Mann freundlich zu, und da wußte er, daß es nicht mit ihm kommen würde. Kopfschüttelnd stand er auf.

„Wie kann man nur so dumm sein!" murmelte er vor sich hin. Dann machte er sich auf den Weg zurück ins Dorf. Tief in seinem Inneren aber beneidete er das Mädchen, auch wenn er das niemals zugegeben hätte, und noch Tage später mußte er immer wieder daran denken, wie er auf der Bank vor dem kleinen Haus am Waldrand gesessen und den Wolken nachgeschaut hatte...

Schnell hatte sich im Dorf herumgesprochen, daß das Mädchen nicht mit dem reichen Mann mitgekommen war -- und so einigte man sich darauf, daß nun der Lehrer zum Waldhaus geschickt werden sollte, um das Mädchen mitzunehmen. Der Lehrer war ein weiser alter Mann, der auf alle Fragen eine Antwort hatte. Er konnten doch sicher das Mädchen davon überzeugen, wie schön es wäre, mit ins Dorf zu kommen, wo es zur Schule gehen und all die wichtigen Dinge lernen könnte, die man im Leben braucht!

Lang und beschwerlich war der Weg für den alten Lehrer, und als er endlich bei dem Haus des Mädchens angekommen war, da mußte er sich erst einmal ausruhen.

Das Mädchen saß wieder auf der Bank vor dem Haus, und der Lehrer setzte sich daneben. „Es wird Zeit, daß du etwas lernst!" sagte er, nachdem er wieder ein wenig zu Atem gekommen war.

„Was denn zum Beispiel?" fragte das Mädchen.

„Nun, all das eben, was man im Leben so braucht!"

„Also, Lesen und Schreiben kann ich schon, das haben mir meine Eltern beigebracht", sagte das Mädchen, „und wenn ich etwas wissen muß, dann frage ich einfach jemanden. Den Bäcker habe ich gefragt, wie man Brot backt; den Schneider, wie man einen Rock näht. Und wenn ich etwas lernen will über die Natur, dann gehe ich in den Wald und schaue mich um."

In diesem Augenblick kam ein Vogel über das Haus geflogen und verschwand zwischen den Bäumen im Wald.

„Aber nimm zum Beispiel doch einmal diesen Vogel", sagte der Lehrer. „Ich besitze Bücher, in denen aufgeschrieben steht, was dieser Vogel frißt, daß er im Winter in wärmere Länder zieht und daß sein Name Amsel ist!"

„Und ich", sagte das Mädchen, „ich weiß, daß sein Name Fridolin ist. He, Fridolin!" rief es und stieß einen schrillen Pfiff aus.

Sofort kam die Amsel aus dem Wald herbeigeflogen und setzte sich dem Mädchen auf die Schulter.

„Ich beobachte die Tiere im Wald jeden Tag", sagte es, „und dabei habe ich mehr über sie gelernt, als in irgendeinem Buch steht. Stimmt's, Fridolin?"

Fridolin zwitscherte zustimmend und flog wieder davon in den Wald.

Der Lehrer schüttelte nur den Kopf.

„Mit Tieren sprechen, so was Albernes!" murmelte er.

Das Mädchen lachte nur leise — und so kehrte auch der Lehrer unverrichteter Dinge ins Dorf zurück.

Wen sollte man jetzt noch schikken? Der Dorfälteste hatte einen Einfall. Es lebte nämlich eine Frau im Dorf, die fünf Kinder hatte.

„Die weiß doch bestimmt, wie man mit so einem Waisenkind umgeht“, meinte der Dorfälteste. „Wer fünf Kinder hat, der kann doch auch sicher einem sechsten zeigen, was es bedeutet, geliebt zu werden.“

Als die Frau bei dem Mädchen ankam, nahm sie es gleich ganz fest in die Arme.

„Au!“ lachte das Mädchen da. „Nicht so fest, du zerquetschst mich ja!“

Da wurde die Frau auf einmal ganz traurig.

„Keiner hat mich gern“, klagte sie. „Ganz allein ziehe ich meine fünf Kinder groß, und machmal glaube ich, ich schaff's nicht mehr. Keiner dankt mir meine Mühen, und jetzt weist auch du mich zurück!“

„Aber das stimmt doch gar nicht“, sagte das Mädchen.

Und so kam es, daß das Mädchen der Mutter Trost spendete und ihr Liebe zeigte, und nicht umgekehrt.

„Vielen Dank, daß du mir zugehört und mich getröstet hast!“ sagte die Frau zu dem Mädchen, als sie sich verabschiedete. Dann machte sie sich auf den Weg zurück ins Dorf.

Der Winter kam früh in diesem Jahr, und lange war er nicht mehr so hart gewesen. Es war bitterkalt. Die Leute verkrochen sich in ihren Häusern und trauten sich kaum vor die Tür. Die Ernte war in diesem Herbst schlecht gewesen, und es gab wenig zu essen. Unter den Dorfbewohnern kam Neid und Mißgunst auf. Jeder dachte nur an sich selbst und versuchte vor den anderen zu verheimlichen, wie viele Vorräte er noch hatte. Sonst wurden oft fröhliche Feste gefeiert, aber jetzt hatte keiner mehr Lust zu feiern. Die Leute gingen einander aus dem Weg, und wenn sie sich doch einmal auf der Straße begegneten, dann schauten sie aneinander vorbei.

Da geschah es eines Tages, daß das Mädchen ins Dorf hinunterkam. Es hatte davon gehört, wie es dort zuging, und nun wollte es selbst einmal nach dem Rechten sehen.

Leise fiel der Schnee, als das Mädchen durch das Dorf zog, von Haus zu Haus. An jeder Tür klopfte es an, und überall wurde es eingelassen, weil jeder es kannte und es gern hatte. Es redete mit jedermann, tröstete, sprach Mut zu, forderte die Menschen aber auch dazu auf, wieder freundlicher miteinander umzugehen.

Als das Mädchen zum Haus des reichen Mannes kam, da sagte es zu ihm:

„Nun ist es an der Zeit, daß du mal etwas Vernünftiges anfängst mit deinem Reichtum. Es herrscht Not im Dorf. Gib etwas ab von deinen Schätzen und öffne deine Vorratskammer! Du wirst sehen: Das Glück, das du den Menschen bringst, wird dich selbst glücklich machen – so glücklich, wie du damals warst, als du auf der Bank vor meinem Haus den Wolken nachgeträumt hast!“

Zum Lehrer sagte es: „Du bist doch so ein kluger Mann. Nun erzähle den Menschen doch einmal etwas, das sie wirklich wissen müssen! Steht in deinen Büchern nicht geschrieben, eins und eins macht zwei? Also, dann geh' los und erkläre den Leuten: Wenn einer das Mehl hat und der andere die Hefe, dann können sie allein damit noch nichts anfangen. Aber wenn sie sich zusammentun, dann können sie daraus ein Brot backen und es in zwei Hälften teilen. Eins und eins macht zwei! Sag den Menschen, daß sie teilen sollen – dann kommen sie auch durch den Winter!"

Und zu der Frau mit den fünf Kinder sagte das Mädchen:

„Du mußt jetzt einmal aufhören zu jammern und etwas tun. Geh zu dem reichen Mann, sag ihm, daß deine fünf Kinder hungern, und sag auch den anderen, daß du ihre Hilfe brauchst. Du kümmerst dich um fünf Kinder – du hast ein Recht darauf, daß man sich auch ein wenig um dich kümmert. Aber du mußt losgehen und zu den Leuten sprechen, damit sie auch wissen, wie sehr du sie brauchst!"

Auf dem Rückweg zu seinem Haus am Waldrand traf das Mädchen auf den Dorfältesten, der mit einem Bündel Feuerholz auf dem Rücken durch den Schnee stapfte.

„Warum bist du mit niemandem mitgegangen, den wir dir geschickt haben, und kommst heute von ganz allein?“ fragte der Dorfälteste.

Das Mädchen antwortete:

„Weil ich euch an etwas erinnern will, das ihr anscheinend vergessen habt.“

„Was soll denn das sein?“ fragte der Dorfälteste.

Das Mädchen lachte.

„Denk mal darüber nach, dann fällt es dir ja vielleicht wieder ein!“

Das Dorf erwachte nun wieder zum Leben. Die Leute kamen aus ihren Häusern und redeten endlich wieder miteinander. Der Lehrer sprach über das Teilen, die Mutter bat um Hilfe für ihre fünf Kinder – und dann öffnete der reiche Mann seine Vorratskammer und bewirtete das ganze Dorf mit Brot und Wein. Hochrufe erklangen, und glücklich darüber, wie sehr sich die Menschen freuten, rief der reiche Mann: „Kommt, laßt uns ein Fest feiern!“

„Ja, ein Fest!“ riefen alle durcheinander.

Und da fiel es dem Dorfältesten plötzlich ein.

„Wißt ihr überhaupt, was morgen für ein Tag ist?" rief er. „Es ist Weihnachten! In all unserem Streit hatten wir das vollkommen vergessen... Das war es, woran das Mädchen uns erinnern wollte – es ist Weihnachten, das Fest der Liebe!"

Die Frau mit den fünf Kindern rief: „Ohne das Mädchen würden wir hier jetzt nicht so fröhlich beisammensein. Es soll mit uns feiern!"

„Ja, laßt es uns ins Dorf holen", riefen die Menschen, „wir wollen uns bei ihm bedanken!"

Und so zogen sie los, eine fröhliche Schar, die endlich wieder zu einer Gemeinschaft geworden war. Als sie aber zu dem Haus am Waldrand kamen, da war das Mädchen nicht mehr da. Die Tür stand offen, und das Haus war leer. Die Menschen, die eben noch so fröhlich gewesen waren, wurden nun ganz still.

„Warum ist es nur gegangen? Und wohin?" fragte einer. „Und wie sollen wir nun weiterleben, wenn das Mädchen, das uns gezeigt hat, wie wir glücklich werden, nicht mehr bei uns ist?"

„Aber es ist doch gar nicht weg – lauscht doch mal!" rief ein kleiner Junge.

Und da war es wie leise Flötenmusik, die durch die eisklare Winternacht von den Sternen zu den Menschen herabklang.

BANK

Der Wald im 20. Stock

Peter stand im Treppenhaus und wartete auf den Fahrstuhl. „Hallo!“ Ein kleines Mädchen stand neben ihm und schaute ihn freundlich an.

„Hallo“, antwortete Peter und machte ein mürrisches Gesicht. Er hatte keine Lust, mit dem Mädchen zu reden – er hatte schlechte Laune. Seit er mit seinen Eltern vom Dorf hierher in die große Stadt gezogen war, hatte er eigentlich immer schlechte Laune. Zu Hause – das war nicht das trostlose Hochhaus hier. Zu Hause – das war das Haus im Dorf, seine Freunde dort, die Tiere, der Wald...

Der Fahrstuhl kam, und die beiden Kinder stiegen ein.

„Welcher Stock?" fragte das Mädchen.

„Dritter", antwortete Peter kurz.

Das Mädchen drückte auf den Knopf, und als der Fahrstuhl losfuhr, sagte es:

„Kuck doch nicht so traurig aus der Wäsche! Besuch mich mal – im obersten Stockwerk!"

Der Fahrstuhl hielt.

„Ich muß aussteigen", murmelte Peter.

Die Tür öffnete sich, und er lief hinaus.

„Tschüß, bis später!“ rief ihm das Mädchen hinterher.

Peter trottete durch den Hausflur und kramte in seiner Jackentasche nach dem Wohnungsschlüssel. Seine Mutter war nicht da, das wußte er – sie mußte arbeiten, genau wie sein Vater. Peter würde wieder den ganzen Nachmittag alleine sein. Er schloß die Wohnungstür auf, warf seine Schultasche in die Ecke und ging in die Küche. Wie immer lag ein Zettel auf dem Tisch: „Hallo Peter! Essen ist im Kühlschrank.“

Schon wieder Pizza, bäh! Peter hatte plötzlich überhaupt keinen Hunger mehr. Er lief in sein Zimmer und warf sich aufs Bett. Dann machte er die Augen zu und stellte sich vor, daß er wieder im Dorf wäre. Aber die Erinnerungen verblaßten schon. Er hatte schon fast vergessen, wie seine Freunde ausgesehen hatten... die Tiere... der Wald...

Peter sprang auf und lief zum Fenster. Wenigstens der Himmel war doch gleich über Stadt und Land. Aber nein – als Peter nach oben schaute, da zogen dunkle Regenwolken vorbei. Über der Stadt schien

der Himmel immer grau zu sein.

Auf einmal fühlte Peter sich in seinem Zimmer wie eingesperrt – wie ein Tier im Käfig.

„Ich muß hier raus!“ rief er.

Er rannte aus der Wohnung. Zum Fahrstuhl! Nach oben wollte er fahren, ins oberste Stockwerk! Das Mädchen besuchen, vielleicht, aber vielleicht gab es da oben auch ein Fenster, aus dem er über die Stadt bis aufs Land schauen konnte, und vielleicht konnte er sogar irgendwie auf das Dach gelangen, frische Luft atmen, den Himmel sehen...

Er stieg ein und drückte auf den Knopf. Der Fahrstuhl setzte sich in Bewegung, und durch die schmalen Fenster konnte Peter die einzelnen Stockwerke vorbeiflitzen sehen. Mit einem Ruck blieb der Fahrstuhl stehen, und die Tür öffnete sich. Erschrocken zuckte Peter zurück und blinzelte – helles Sonnenlicht strahlte ihm ins Gesicht und blendete ihn. Dann hatte er sich an das Licht gewöhnt. Er machte die Augen auf – und machte sie gleich wieder zu. Er konnte einfach nicht glauben, was er da gesehen hatte. Aber als er wieder hinschaute, war da immer noch kein Treppenhaus zu sehen. Vor ihm lag eine sonnenüberflutete Lichtung mitten im Wald. Ein Wald im 20. Stockwerk!

Vorsichtig machte Peter ein paar
Schritte aus dem Fahrstuhl, als ob
er dem Boden unter seinen Füßen
nicht trauen könnte. Er bewegte
sich wie auf dünnem Eis – gleich
würde er einbrechen und abstür-
zen. Aber der Boden hielt. Er schau-
te nach unten – wirklich, keine
Treppenhausfliesen, sondern grü-
nes, weiches Moos! Ein schwarz-
glänzender Käfer flüchtete vor
Peters Füßen und verschwand un-
ter einem Stein. Peter schaute nach
oben – keine Decke, keine trüben
Treppenhauslampen, sondern Son-
ne und ein wunderbarer freier, blau-
er Himmel! Ein kleiner bunter Vo-
gel flog vorbei, und sein Zwitschern
klang fast wie Gelächter.

In diesem Augenblick wuchsen plötzlich Gitterstäbe aus dem Boden um Peter herum und über ihn hinweg – ein Käfig! Erschrocken drehte er sich um. Nur die Fahrstuhltür war noch frei, der einzige Ausweg!

„Aber ich will noch nicht weg hier!“ flüsterte Peter.

„Das mußt du auch nicht!“ zwitscherte der Vogel, der sich oben auf den Käfig gesetzt hatte. Neugierig betrachtete er Peter mit seinen schwarzen Knopfaugen.

„Schau!“ rief er dann, pickte mit seinem Schnabel nach einem der Gitterstäbe und riß ihn einfach aus dem Käfig heraus, als ob er ein Strohhalm wäre.

„Das kannst du auch!“ rief er.

Peter griff nach den Stäben, und der Käfig fing ordentlich an zu wackeln.

„Das ist überhaupt kein Käfig!“ rief der Vogel und flatterte aufgeregt in der Luft herum. „Und das sind auch keine Gitterstäbe – das sind alles Zauberstäbe!“

Peter rüttelte weiter, und der Käfig fiel einfach in sich zusammen.

„Zauberstäbe, Zauberstäbe!“ zwitscherte der Vogel. „Nimm einen in die Hand!“

Peter hob einen der Stäbe auf.

„Und nun mal einfach in die Luft, was dir einfällt – du wirst schon sehen!“

Unschlüssig fuchtelte Peter mit dem Stab in der Luft herum. „Blume“, dachte er dann. Wie erschrak er, als tatsächlich eine wunderschöne gelbe Blume vor ihm erschien! Er machte zwei Schritte rückwärts, dann stolperte er über einen Stein und landete unsanft auf dem Hosenboden. Laut zwitscherte der Vogel, und wieder klang es, als ob er lachte.

„Na, wie gefällt dir deine Blume?“ rief er.

„Gut“, antwortete Peter, „aber eigentlich hatte ich eher an eine rote Blume gedacht!“

„Nimm einfach einen anderen Stab!“ rief der Vogel. „Versuch's!“

Also hob Peter einen weiteren Stab auf und verwandelte die gelbe Blume in eine rote.

„Hei, das macht Spaß!“ rief er, und dann malte er einen Baum und einen Fluß und eine weiße Wolke an den blauen Himmel, und für jede Farbe benutzte er einen anderen Zauberstab.

Auf einmal aber fiel ihm ein, wonach er sich wirklich sehnte. Und so begann er, sein Dof zu malen. Zuerst malte er das Haus, in dem er gewohnt hatte, dann die Tiere – Kühe, Pferde, Schweine –, und schließlich malte er seine Freunde. Und seine Freunde winkten und riefen „Hallo Peter!“ und kamen auf ihn zu... Aber da wurde es Peter plötzlich unheimlich.

„Ihr seid ja gar nicht wirklich da“, flüsterte er. „Ich will keine Traumbilder mehr – ich will einen richtigen Freund!“

Ihm wurde auf einmal ganz schwindelig. Die Waldlichtung begann vor seinen Augen zu verschwimmen und sich in nichts aufzulösen. Peter raffte die Zauberstäbe zusammen und flitzte hinein in den offenen Fahrstuhl. Und jetzt ganz schnell den Knopf für das dritte Stockwerk gedrückt!

„Puh!“ rief Peter, als die Tür sich schloß.

Dann setzte sich der Fahrstuhl in Bewegung und fuhr wieder nach unten.

Als er wieder in seinem Zimmer angekommen war, wollte Peter gleich nach seinen Zauberstäben schauen. Doch was für eine Enttäuschung, als er sie aus seiner Hosentasche zog! Nichts weiter als ein paar alte Buntstifte hielt er da in seinen Händen... Aus der Traum mit Zauberei! Nie war ihm sein Zimmer so sehr wie ein Käfig erscheinen wie jetzt, nie hatte Peter sich so eingesperrt gefühlt! Wütend wollte er die Stifte auf den Boden werfen – aber dann besann er sich und setzte sich nachdenklich an seinen Schreibtisch. So viel hatte er erlebt. Sein Kopf war noch voller Bilder. Er nahm einen der Stifte in die Hand – es war ein roter – und begann, unschlüssig auf seinem Zeichenblock herumzukritzeln. Wie hatte die rote Blume eigentlich noch ausgesehen? Und ehe er merkte, wie ihm geschah, hatte Peter schon angefangen zu malen. Es floß nur so aus ihm heraus. Er malte die Lichtung, den Vogel, das Dorf und seine Freunde. Natürlich ging das nicht so leicht wie Zauberei, aber alles, was er sonst vergessen hätte, konnte Peter jetzt auf dem Papier festhalten. Er fühlte sich wie befreit, und langsam, ganz langsam verwandelte sich der Käfig um ihn herum wieder in ein Zimmer. Zum ersten Mal fühlte Peter sich hier richtig zu Hause! Verwundert schaute er auf die Stifte: In denen steckte ja wohl doch noch mehr Kraft, als er gedacht hatte!

DUDEN
AUTOS
PFERDE
1994
Peter

Eine Farbe aber fehlte: Blau. Blau wie der Himmel über der Waldlichtung, Peters Lieblingsfarbe. Er mußte noch einmal nach oben fahren, ins oberste Stockwerk, um nach dem blauen Zauberstab zu suchen. Und so machte er sich auf den Weg.

Peters Herz klopfte wie wild, als der Fahrstuhl im 20. Stock anhielt. Würde die Waldlichtung noch da sein? Beinahe wäre er wieder hinuntergefahren, denn er hatte Angst vor dem, was ihn erwartete. Wenn da nun einfach nichts wäre? Oder ein tiefes, schwarzes Loch, das ihn verschlingen würde? Aber da öffnete sich schon die Fahrstuhltür. Peter atmete tief durch. Kein schwarzes Loch wartete auf ihn, aber auch kein blendendes Licht – keine Waldlichtung, nur ein kühles, halbdunkles Treppenhaus. Und da stand das kleine Mädchen und lachte.

Das Lachen klang so fröhlich und vertraut, daß Peter all seine Enttäuschung vergaß. Wo hatte er dieses Lachen schon einmal gehört?

„Entschuldige, aber du siehst wirklich zu komisch aus!“ rief das Mädchen.

Es machte Peters verdutzten Gesichtsausdruck nach, und da mußte auch Peter lachen.

„Komm mit!“ rief das Mädchen. „Ich hab was für dich!“

Und Peter folgte dem Mädchen in sein Zimmer.

Blendendes Licht empfing ihn, und als er die Augen wieder öffnete, da glaubte Peter zuerst, daß er wieder auf der Lichtung wäre. Doch dann sah er, daß er nicht auf Moos stand, sondern auf einem grünen, weichen Teppich; daß die Bäume an den Wänden nur gemalt waren, und daß die Zimmerdecke blau gestrichen war, so blau wie der Himmel. Die Regenwolken draußen hatten sich verzogen, und hell schien die Nachmittagssonne zum Fenster herein.

„Hier!“ rief das kleine Mädchen und hielt Peter einen blauen Stift vor die Nase. “Den hast du doch gesucht, oder?”

Dann lachte es wieder. Und jetzt wußte Peter plötzlich, woher er dieses Lachen kannte: Es klang genauso, wie das Zwitschern des kleinen Vogels auf der Waldlichtung...